어둑한 무덤들 속에서
나 오래오래 꿈꾸었네

In dämmrigen Grüften
Träumte ich lang

Frühling

에피파니 에쎄 플라네르
Epiphany Essai Flaneur

헤르만 헤세
그림 시집

Gedichte & Gemälde von Hermann Hesse

이수정(문학박사, 시인) 옮김

역자 일러두기

1. 기존의 번역들과는 상당히 다른 새로운 번역을 시도했다. 번역은 최대한 헤세의 표현을 훼손하지 않도록 노력했다. 원전에 충실한 거의 직역에 가까운 번역이지만 그것이 가장 헤세답고 시적이고 음악적임을 독어 원시를 아는 독자들은 느낄 수 있을 것이다.

2. 단, 한국어의 아름다운 음악성도 살릴 수 있도록 노력했다. 각 행별로 3박자, 혹은 2박자로 끊어 읽으면 한국어 특유의 음악성을 맛볼 수 있을 것이다.

3. 번역의 책임성을 위해, 혹은 필요한 독자들을 위해, 독어 원시를 함께 실었다.

4. 자료적 가치를 위해, 혹은 검색의 편의를 위해, 제목에는 원어와 연도를 부기했다.

• 에피파니Epiphany는 '책의 영원성'과 '정신의 불멸성'에 대한 오래된 새로운 믿음을 갖습니다

에피파니 에쎄 플라네르
Epiphany Essai Flaneur

헤르만 헤세
그림 시집

Gedichte & Gemälde von Hermann Hesse

이수정(문학박사, 시인) 옮김

에피파니

여기

헤르만 헤세의 시화전을 엽니다

시인 헤세가 쓰고

화가 헤세가 그린

명시와 그림들이 다소곳이

혹은 자랑스런 얼굴로

교양 있는 여러분을 기다립니다

행간에 혹은 여백에 스며

빵과 커피가

와인과 치즈가

향기로 환영을 대신합니다

현재의 혹은 과거의

누구나의 청춘

그 한 페이지에 적혀 있는

헤르만 헤세

어린, 젊은, 늙은,

슬프고 기쁜, 괴롭고 외로운,

봄의, 여름의, 가을의, 겨울의,

꽃의, 나비의, 구름의, 바람의, …

온갖 삶의 숨결로 아롱진

그의 서정세계로 당신을

초대합니다

세상사 다 밀쳐두고

순수한 감성만 지참하세요

2018년 초하初夏 이수정

차례

2

고독한 자의 음악Musik des Einsamen

3

밤의 위안Trost der Nacht

4

새로운 시집Neue Gedichte 그리고 그 후

에필로그

부록

시집을 가진 어느 벗에게

Einem Freunde mit dem Gedichtbuch 1942

Einem Freunde mit dem Gedichtbuch

Was mich je bewegte und erfreute
Seit den sagenhaften Jugendtagen,
All dies Flüchtige und bunt Zerstreute
An Besinnungen und Träumereien,
An Gebeten, Werbungen und Klagen
Findest du auf diesen Seiten wieder.
Ob erwünscht sie oder unnütz seien,
Wollen wir nicht allzu ernstlich fragen?
Nimm sie freundlich auf, die alten Lieder!

Uns, den Altgewordnen, ist das Weilen
Im Vergangenen erlaubt und tröstlich,
Hinter diesen vielen tausent Zeilen
Blüht ein Leben, und es war einst köstlich.
Werden wir zur Rechenschaft gezogen,
Daß wir uns mit solchem Tand befaßten,

시집을 가진 어느 벗에게

Einem Freunde mit dem Gedichtbuch 1942

이미 전설이 된 젊은 시절부터

나를 움직이고 기쁘게 했던 것들,

이 모든 덧없는 것들,

사색들 속에 몽상들 속에,

기도들, 구애들, 한탄들 속에 다채로이 흩어진 것들,

그걸 그대는 이 책갈피들 속에서 다시 찾으리.

그게 바람직한 건지 쓸데없는 건지

너무 진지하게 묻지는 마세.

그저 다정하게 받아들여주게, 이 오래된 노래들을!

우리들, 늙어버린 자에게는 허락되어 있지,

위로도 되지, 지나간 것 속에 머무는 일이.

이 수천의 시구들 뒤에는

하나의 삶이 꽃피어 있네, 그건 한때 값진 거였지.

그런 하잘것없는 것에 매달렸다고

우리 지탄을 받아도

Tragen wir wohl leichter unsre Lasten

Als die Flieger, die heut nacht geflogen,

Als der Heere arme, blutige Herde,

Als die Herren und Großen dieser Erde.

우린 우리 짐을 지세나. 아주 더 가볍게

오늘 밤 날아오른 비행사보다

가련한 피투성이 짐승 떼보다

이 땅의 지배자와 위인들보다.

청춘의 시집
Jugendgedichte 1902

Ich bin ein Stern

Ich bin ein Stern am Firmament,
Der die Welt betrachtet, die Welt verachtet,
Und in der eignen Glut verbrennt.

Ich bin das Meer, das nächtens stürmt,
Das klagende Meer, das opferschwer
Zu alten Sünden neue türmt.

Ich bin von Eurer Welt verbannt
Vom Stolz erzogen, vom Stolz belogen,
Ich bin der König ohne Land.

Ich bin die stumme Leidenschaft,
Im Haus ohne Herd, im Krieg ohne Schwert,
Und krank an meiner eigen Kraft.

나는 별이다

Ich bin ein Stern 1896

나는 밤하늘의 별
세계를 살피고 세계를 비웃는,
그리고 스스로의 열화로 불타버리는.

나는 넘실대는 밤바다
비탄의 바다, 힘겨운 희생을 치르면서
오래된 죄에 새로운 죄를 쌓아올리는.

그대들의 세계에서 추방을 당한
자만에게 길러지고 자만에게 속은
나는 나라 없는 왕.

나는 무언의 열정
집 안엔 부뚜막도 없고, 전쟁에선 칼도 없는
그리고 나 자신의 힘에 탈이 나 있는.

Jugendflucht

Der müde Sommer senkt das Haupt
Und schaut sein falbes Bild im See.
Ich wandle müde und bestaubt
Im Schatten der Allee.

Durch Pappeln geht ein zager Wind,
Der Himmel hinter mir ist rot,
Und vor mir Abendängste sind
— Und Dämmerung — und Tod.

Ich wandle müde und bestaubt,
Und hinter mir bleibt zögernd stehn
Die Jugend, neigt das schöne Haupt
Und will nicht fürder mit mir gehn.

달아나는 청춘

Jugendflucht 1897

고단한 여름이 고개를 숙이고
호수에 비친 제 퇴색한 모습을 바라본다.
나는 지치고 먼지투성이 되어
가로수 그늘 속을 거닐고 있다.

포플러 사이로 소심한 바람 한줄기 지나간다.
내 뒤엔 하늘이 빨갛게 타고
내 앞엔 저녁의 불안이
— 어스름이 — 죽음이 도사린다.

지치고 먼지투성이 되어 나는 걷는다.
그리고 내 뒤에는 머뭇거리며 머물러 서 있다,
청춘이, 그 아름다운 고개를 떨구고.
그리고 나와 함께 앞으로 가려 하지 않는다.

Dorfabend

Der Schäfer mit den Schafen
Zieht durch die stillen Gassen ein,
Die Häuser wollen schlafen
Und dämmern schon und nicken ein.

Ich bin in diesen Mauern
Der einzige fremde Mann zur Stund,
Es trinkt mein Herz mit Trauern
Den Kelch der Sehnsucht bis zum Grund.

Wohin der Weg mich führet,
hat überall ein Herd gebrannt;
Nur ich hab nie gespüret,
Was Heimat ist und Vaterland.

마을의 저녁

Dorfabend 1897

목동이 양떼와 함께
고요한 골목길로 들어선다
집들은 잠에 겨운 듯
어둠을 두르고 꾸벅꾸벅 존다.

지금 이 마을에서
낯선 사람은 오로지 나뿐
내 가슴은 슬픔에 젖어
그리움의 잔을 바닥까지 마신다.

어느 길로 발길이 가든
집집이 아궁이엔 장작이 탄다
아, 나만 몰랐네
고향이 뭔지 조국이 뭔지.

Hermann Hesse,
Sonnenblumen in
Montagnola, 1927,
Aquarell.

Geständnis

Wer meine Freunde sind? —
Zugvögel, überm Ozean verirrt,
Schiffbrüchige Schiffer, Herden ohne Hirt,
Die Nacht, der Traum, der Heimatlose Wind.

Am Wege liegen hinter mir
Zerstörte Tempel, Liebesgärten
Verwildernd, schwül und sommerzier,
Und Frau'n mit welken Liebesgebärden,
Und Meere, die ich überfuhr.

Sie liegen stumm und ohne Spur;
Kennt keiner, was versunken liegt,
Die Königskronen, die Herrscherstunden,
Die Freundesstirnen epheuumwunden.

고백

Geständnis 1898

나의 벗들은 누구일까? —

망망대해 위에서 길 잃은 철새

난파한 선원, 양치기 없는 양떼

밤, 꿈, 고향 잃은 바람.

내 지나온 길 뒤돌아보면

허물어진 사원, 사랑의 정원

황폐하고 무덥고 뙤약볕 내리쬘 뿐

그리고 시든 사랑을 몸짓하는 여인들

그리고 내가 건너온 숱한 바다들.

말없이 그리고 흔적도 없이 그것들은 누워 있네

아는 이 아무도 없네, 무엇이 가라앉아버렸는지

찬란한 왕관들, 영화로운 시절들

Sie liegen von meinen Liedern gewiegt

Und dämmern blaß in meine Nächte,

Wenn hastig meine schmale Rechte

Mit raschem Stift in meinem Leben wühlt.

Ich habe nie ein Ziel errungen,

Meine Faust hat nie einen Feind gezwungen,

Mein Herz hat nie ein volles Glück gefühlt.

그것들은 내 노래에 흔들리며 누워 있네
그리고 나의 밤마다 창백하게 저무네
내 가녀린 오른손이 분주히
재빠른 붓으로 내 삶을 파헤칠 적에.

나는 어떤 목표에도 다다르지 못했네
내 주먹은 어떤 적도 제압하지 못했네
내 가슴은 한 번도 완전한 행복을 느껴보지 못했네.

Frühling

In dämmrigen Grüften
Träumte ich lang
Von deinen Bäumen und blauen Lüften,
Von deinem Duft und Vogelsang.

Nun liegst du erschlossen
In Gleiß und Zier,
Von Licht übergossen
Wie ein Wunder vor mir.

Du kennest mich wieder,
Du lockest mich zart,
Es zittert durch all meine Glieder
Deine selige Gegenwart!

봄

Frühling 1899 (Richart Strauss 곡 "Vier Letzte Lieder" 중)

어둑한 무덤들 속에서
나 오래오래 꿈꾸었네
너의 나무들과 푸른 미풍들을
너의 향기와 새들의 노래를.

아, 이제 너 펼쳐져 있네,
한껏 꾸미고 반짝반짝
햇빛 담뿍 뒤집어쓴 채
마치 기적처럼 내 눈앞에.

너, 다시 날 반기고
상냥히 날 홀리니
전율이 내 온몸을 스치네
축복같은 너, 봄의 존재여!

Hermann Hesse, Abends In the Evening, 1921.
Watercolor, 15.5×23cm.

Hermann Hesse, Haus mit zwei Zypressen, 1921.
Watercolor, 24×27.5cm.

Ich log

Ich log! Ich log! Ich bin nicht alt,
Ich bin nicht satt vom Leben,
Mir macht jede schöne Frauengestalt
Noch Puls und Gedanken erbeben.

Mir träumt noch von Weibern heiß und nackt,
Von guten und von schlechten,
Von wilder Walzer brillantem Takt
Und von verliebten Nächten.

Mir träumt von einer Liebe sogar,
Einer schweigsam schönen und reinen,
Wie jene erste, heilige war,
Und ich kann noch um sie weinen.

거짓말했어요

Ich log 1901

거짓말했어요! 내가 속였어요! 난 늙지 않았어요
난 삶에 질리지 않았어요
아름다운 여인의 모습은 다
아직도 내 맥박과 가슴을 뛰게 해요.

난 아직도 여자를 꿈꾸죠, 뜨거운 여자, 나신의 여자,
좋은 여자, 나쁜 여자,
격한 왈츠의 화려한 박자
그리고 사랑에 빠진 밤들의 꿈도.

난 이런 사랑조차도 꿈꾸죠
말없고 아름답고 또 순수했던
저 성스러운 첫사랑 같은 그런 꿈을요.
그리고 난 아직 그녀를 위해 울 수도 있죠.

Traum

Es ist immer derselbe Traum:
Ein rotblühender Kastanienbaum,
Ein Garten, voll von Sommerflor,
Einsam ein altes Haus davor.

Dort, wo der stille Garten liegt,
Hat meine Mutter mich gewiegt;
Vielleicht — es ist so lange her —
Steht Garten, Haus und Baum nicht mehr.

Vielleicht geht jetzt ein Wiesenweg
Und Pflug und Egge drüber weg,
Von Heimat, Garten Haus und Baum
Ist nichts geblieben als mein Traum.

꿈

Traum 1901

언제나 똑같은 꿈을 꾼다.
붉게 꽃피는 밤나무 하나,
온갖 여름꽃 만발한 정원
호젓이 그 앞엔 오래된 집.

거기, 그 고즈넉한 정원 뜰에서
어머니는 날 안고 얼러주셨지
이젠 아마도 ―어쩌면 아주 오래 전―
정원도 집도 나무도 없어졌겠지.

어쩌면 지금은 풀밭길이 됐거나
쟁기와 써레 오가는 고랑이려나
고향도 정원도 집도 나무도
꿈 밖에선 이제 찾을 길 없네.

Ich liebe Frauen···

Ich liebe Frauen, die vor tausend Jahren
Geliebt von Dichtern und besungen waren.

Ich liebe Städte, deren leere Mauern
Königsgeschlechter alter Zeiten betrauern.

Ich liebe Städte, die erstehen werden,
Wenn niemand mehr von heute lebt auf Erden.

Ich liebe Frauen — schlanke, wunderbare,
Die ungehorsam ruhn im Schoß der Jahre.

Sie werden einst mit ihrer sternenbleichen
Schönheit der Schönheit meiner Träume gleichen.

나는 사랑한다네…

Ich liebe Frauen… 1901

난 여인들을 사랑한다네, 천 년 전
시인들이 사랑하고 노래했던 그 여인들을.

난 도시들을 사랑한다네, 그 허물어진 성벽이
옛 시대의 왕족들을 애달파하는.

난 도시들을 사랑한다네, 오늘 지상에 사는 사람들
다 사라졌을 때 다시 세워질 그 도시들을.

난 여인들을 사랑한다네, 날씬하고 멋들어진,
세월의 모태 안에서 버티며 쉬고 있는.

그 여인들은 언젠가 그 별빛 창백한 아름다움으로
내 꿈의 아름다움을 빼닮게 되리.

Hermann Hesse, Monti, 1923.
Watercolor, 24×31.7cm.

Hermann Hesse, Certenago, 1927.
Watercolor, 24×25cm.

Er ging im Dunkel

Er ging im Dunkel gern, wo schwarzer Bäume
Gehäufte Schatten kühlten seine Träume.

Und dennoch litt in seiner Brust gefangen
Nach Licht; nach Licht! ein brennendes Verlangen.

Er wußte nicht, daß über ihm die klaren
Himmel voll reiner Silbersterne waren.

어둠 속을 그는 걸었네

Er ging im Dunkel 1901

어둠 속을 그는 즐겨 걸었네
짙은 수목들 그 아롱진 그늘이 그의 꿈들을 다독이던 곳.

하지만 그의 가슴속에선, 빛에!
빛에 사로잡혀 불타는 갈망이 괴로워했네.

그는 몰랐네. 자기 위에 저리 청명한
순수의 은별 가득한 하늘이 있었다는 걸.

Die leise Wolke

Eine schmale, weiße

Eine sanfte, leise

Wolke weht im Blauen hin.

Senke deinen Blick und fühle

Selig sie mit weißer Kühle

Dir durch blaue Träume ziehen.

조용한 구름

Die leise Wolke 1901

가늘고 하얀

부드럽고 조용한

구름 한 점이 파란 하늘에 흘러간다.

눈을 그윽이 뜨고 느껴보렴

멋지게 하얀 시원함으로

네 푸른 꿈들을 질러 떠가는 것을.

Wie eine Welle

Wie eine Welle, die vom Schaum gekränzt
Aus blauer Flut sich voll Verlangen reckt
Und müd und schön im großen Meer verglänzt —

Wie eine Wolke, die im leisen Wind
Hinsegelnd aller Pilger Sehnsucht weckt
Und blaß und silbern in den Tag verrinnt —

Und wie ein Lied am heißen Straßenrand
Fremdtönig klingt mit wunderlichen Reim
Und dir das Herz entführt weit über Land —

So weht mein Leben flüchtig durch die Zeit,
Ist bald vertönt und mündet doch geheim
Ins Reich der Sehnsucht und der Ewigkeit.

파도처럼

Wie eine Welle 1901

거품으로 관을 쓴 파도처럼
푸른 밀물로부터 한껏 열망을 펼친다. 그리고 고단하게 아
름답게 거대한 바다에서 빛이 잦아든다 ―

그윽한 바람 속 한 점 구름처럼
돛배로 항해하며 모든 순례자는 동경을 깨우고
그리고 창백하게 은빛으로 한낮 속으로 흘러간다 ―

그리고 뜨거운 길가의 노래처럼
오묘한 운으로 낯선 음을 울리고
그리고 들판 너머 저 멀리 네 마음을 앗아간다 ―

그렇게 나의 삶은 시간을 질러 헛되이 흐르고
이내 소리가 멀어지지만 비밀스레 흘러든다
동경과 영원의 왕국 속으로.

Gebet

Wenn ich einmal vor deinem Antlitz stehe,
Dann denke, wie du mich allein gelassen,
Und denke, wie ich irrend in den Gassen
Verwaist und trostlos war in meinem Wehe.

Dann denke jener schrecklich dunklen Nächte,
Da ich in Not und heißem Heimweh bangte
Und wie ein Kind nach deiner Hand verlangte
Und da du mir versagtest deine Rechte.

Und denke jener Zeit, da ich als Knabe
Zu dir zurück an jedem Tage kehrte,
Und meiner Mutter, die mir beten lehrte
Und der ich mehr als dir zu danken habe.

기도

Gebet 1902

내가 언젠가 당신의 얼굴 앞에 서게 될 때, 그때 난 생각하
지요, 어떻게 당신이 날 홀로 내버려두었는지,
그리고 생각하지요, 어떻게 내가 거리를 헤매면서
고아처럼 그리고 위로도 없이 내 고통 속에 있었는지.

그때 난 생각하지요, 끔찍하게 어두웠던 저 밤들을,
내가 고난과 뜨거운 향수로 애태웠던
그리고 마치 아이처럼 당신의 손을 갈망했던
그리고 당신이 내게 그 오른손을 거부했던 바로 그때를.

그리고 저 시절을 생각하지요, 소년이었던 내가 매일매일
당신에게 되돌아왔던, 그리고 어머니에게 되돌아왔던,
나에게 기도를 가르쳐주신 그 어머니에게
내가 당신보다도 더 감사해야 할 그 어머니에게.

Über die Felder···

Über den Himmel Wolken ziehn
Über die Felder geht der Wind,
Über die Felder wandert
Meiner Mutter verlorenes Kind.

Über die Straße Blätter wehn,
Über den Bäumen Vögel schrein —
Irgendwo über den Bergen
Muß meine ferne Heimat sein.

들판 너머로…

Über die Felder… 1902

하늘 너머로 구름은 흐르고
들판 너머로 바람은 달린다
들판 너머로 떠도는 것은
내 어머니의 길 잃은 아이.

거리 위에는 가랑잎 흩날리고
나무 위에는 새들 지저귄다 —
첩첩 산 너머 어디멘가
아스라이 내 고향 있으련만.

Hermann Hesse, Southern Landscape, 1926.
Watercolor, 25×33cm.

Hermann Hesse, Carona, 1923.
Watercolor, 31.9×24cm.

Der Brief

Es geht ein Wind von Westen,
Die Linden stöhnen sehr,
Der Mond lugt aus den Ästen
In meine Stube her.

Ich habe meiner Lieben,
Die mich verlassen hat
Einen langen Brief geschrieben,
Der Mond scheint auf das Blatt.

Bei seinem stillen Scheinen,
Das über die Zeilen geht,
Vergisst mein Herz vor Weinen
Schlaf, Mond und Nachtgebet.

편지

Der Brief 1902

한 줄기 하늬바람이 불어옵니다
보리수들이 몹시도 신음합니다
나뭇가지들 사이로 달이
내 방 안을 살며시 들여다봅니다.

날 떠나버린
내 사랑하는 이에게 난
기나긴 편지를 써놓았습니다
달이 그 편지지 위를 비춰줍니다.

한 줄 한 줄 읽어내려가는
고요한 그 달빛에 그만,
눈물이 나서 내 가슴은 잊어버립니다
잠도 달도 그리고 밤의 기도도.

Weiße Wolken

O schau, sie schweben wieder
Wie leise Melodien
Vergessener schöner Lieder
Am blauen Himmel hin!

Kein Herz kann sie verstehen,
Dem nicht auf langer Fahrt
Ein Wissen von allen Wehen
Und Freuden des Wanderns ward.

Ich liebe die Weißen, Losen
Wie Sonne, Meer und Wind,
Weil sie der Heimatlosen
Schwestern und Engel sind.

흰 구름들

Weiße Wolken 1902

오, 저 봐! 구름이 다시 떠가네
어느 고운 노래의
나지막한 그 선율처럼
푸른 하늘에서 저 멀리로!

어떤 가슴도 구름을 안다 못하지
긴 여로에서
방황의 온갖 아픔과 기쁨
겪어 알지 못하면.

하얀 것, 정처없는 것들을 나는 사랑한다네
해나 바다나 바람 같은.
고향 잃은 자에게 그것들은
누이나 천사 같은 존재니까.

Hermann Hesse, Vogelhäuschen mit Tisch, 1918. Watercolor.

고독한 자의 음악
Musik des Einsamen 1915

Manchmal

Manchmal, wenn ein Vogel ruft
Oder ein Wind geht in den Zweigen
Oder ein Hund bellt im fernsten Gehöft,
Dann muß ich lange lauschen und schweigen.

Meine Seele flieht zurück,
Bis wo vor tausend vergessenen Jahren
Der Vogel und der wehende Wind
Mir ähnlich und meine Brüder waren.

Meine Seele wird Baum
Und ein Tier und ein Wolkenweben.
Verwandelt und fremd kehrt sie zurück
Und fragt mich. Wie soll ich Antwort geben?

이따금

Manchmal 1904

이따금, 새 한 마리 지저귈 때
또는 바람 한 줄기 가지 사이를 스쳐갈 때
또는 개 한 마리 먼 농가에서 짖어댈 때
나는 한참을 귀 기울이며 침묵한다.

내 영혼은 옛날로 날아간다
새와 살랑이는 바람이
나를 닮았던 그리고 나의 형제였던
잊어버린 그 천 년 전까지.

내 영혼은 나무가 되고
짐승이 되고 또한 두둥실 구름이 된다.
변신해 낯설게 돌아와 내게 묻는다.
난 대체 뭐라 답하면 좋지?

Julikinder

Wir Kinder im Juli geboren
Lieben den Duft des weißen Jasmin,
Wir wandern an blühenden Gärten hin
Still und in schwere Träume verloren.

Unser Bruder ist der scharlachene Mohn,
Der brennt in flackernden roten Schauern
Im Ährenfeld und auf den heißen Mauern,
Dann treibt seine Blätter der Wind davon.

Wie eine Julinacht will unser Leben
Traumbeladen seinen Reigen vollenden,
Träumen und heißen Erntefesten ergeben,
Kränze von Ähren und roten Mohn in den Händen.

7월의 아이들

Julikinder 1904

우리는야 칠월이 낳은 아이들
하이얀 자스민 향길 사랑하고
꽃피는 정원들을 찾아 헤매다
말없이 무거운 꿈속에서 길을 잃죠.

우리네 형제는 진홍색 양귀비
밀 익는 들판에서, 뙤약볕 담 위에서,
가물대는 붉은 빗줄기에 불타다가도
바람에 그 꽃잎을 날려버리죠.

우리네 삶은 어느 칠월 밤처럼
꿈을 싣고 윤무에 지치려 하죠
꿈들과 화끈한 수확제를 이루려 하죠
이삭과 붉은 양귀비 화환 손에 들고서.

Hermann Hesse, Tessiner Landschaft, 1923. Watercolor, 31.5×24.3cm.

Genesung

Lange waren meine Augen müd'
Und vom Rauch der Städte bang verschleichert.
Nun erwacht ich schaudernt: Feste feiert
Jeder Baum und jeder Garten blüht.

Wieder wie ich eins als Knabe sah,
Seh ich frölich durch die sanften Weiten
Engel ihren weißen Flügel breiten
Und die Augen Gottes, blau und nah.

회복

Genesung 1904

오랫동안 내 눈은 피곤했고
근심스레 도시의 매연으로 가려졌다
이제 난 부르르 떨며 깨어난다.
모든 나무가 축제를 열고 모든 정원이 꽃을 피운다.

다시금, 일찍이 어린 내가 봤듯이,
나는 기쁘게 바라본다. 아스라이 먼 데서
천사들이 그 하얀 날개, 펼치는 것을.
그리고 신의 두 눈을. 푸르게 가까이.

Zunachten

Laufeuchte Winde schweifen,
Nachtvögel hört man überm Ried
Mit schwerem Flügeln streifen
Und fern im Dorf ein Fischerlied.

Aus niegewesenen Zeiten
Sind trübe Sagen angestimmt
Und Klagen um ewige Leiden;
Weh dem, der sie bei Nacht vernimmt!

Laß klagen, Kind, laß rauschen!
Ring ist die Welt vom Leide schwer.
Wir wollen den Vögeln lauschen
Und auch dem Lied vom Dorfe her.

밤에

Zunachten 1905

촉촉한 바람들이 떠돌고 있다
밤새들이 푸드득 갈대 위에서
무거운 날개 스치는 소리 들려온다
그리고 저 멀리 마을에선 어부의 노래.

아예 있은 적 없었던 시간들로부터
우울한 전설들이 비롯되었다
그리고 영원한 고통의 깊은 탄식이.
슬프도다, 밤에 그 소리를 듣고 있자니!

아이야, 탄식하고 바스락대게 내버려두렴!
무릇 고통의 세계는 힘든 것이니.
우린 그저 새들 소리나 엿듣자꾸나
그리고 마을에서 들려오는 노랫소리도.

Hermann Hesse, Tessiner Landschaft, 1922.
Watercolor, 23.6×29.4cm.

Hermann Hesse, Sommerliche Tessinerlandschaft mit zwei Dörfern, 1923.
Watercolor, 23.5×29.5cm.

Im Nebel

Seltsam, im Nebel zu wandern!
Einsam ist jeder Busch und Stein,
Kein Baum sieht den andern,
Jeder ist allein.

Voll von Freunden war mir die Welt,
Als noch mein Leben licht war;
Nun, da der Nebel fällt,
Ist keiner mehr sichtbar.

Wahrlich, keiner ist weise,
Der nicht das Dunkel kennt,
Das unentrinnbar und leise
Von allen ihn trennt.

Seltsam, Im Nebel zu wandern!

안개 속에서

Im Nebel 1905

야릇하여라, 안개 속을 거니는 것은!
모든 수풀도 돌도 다 홀로 있고,
어떤 나무도 다른 나무를 보지 못하고,
제각각 다 외로운 존재.

세상은 벗들로 가득하였지,
아직 내 삶이 밝았을 적엔.
이제 거기엔 안개 자욱해,
더 이상 아무도 보이지 않네.

그래, 아무도 현명하다 말할 수 없지,
기어이 그리고 가만히
모든 것으로부터 자기를 떼어놓는
그 은밀한 어둠 모르는 이는.

야릇하여라, 안개 속을 거니는 것은!

Leben ist Einsamsein.

Kein Mensch kennt den andern,

Jeder ist allein.

삶이란 원래 홀로 있는 것.

어떤 사람도 다른 사람을 알지 못하고,

제각각 다 외로운 존재.

Allein

Es führen über die Erde
Straßen und Wege viel,
Aber alle haben
Dasselbe Ziel.

Du kannst reiten und fahren
Zu zwein und zu drein,
Den letzten Schritt
Mußt du gehen allein.

Drum ist kein Wissen
Noch Können so gut,
Als daß man alles Schwere
Alleine tut.

혼자서

Allein 1906

땅 위에는

크고 작은 길들이 무수히 나 있다

그러나 그 모든 길들 향하는 곳은

다들 똑같다.

말을 타고 갈 수도 차를 타고 갈 수도

둘이서 갈 수도 셋이서 갈 수도

있지만 마지막 걸음만은 오롯이

너 혼자의 몫이다.

고로 어떤 지혜도

또한 어떤 능력도

온갖 어려운 일들 혼자 해내는 것보다

더 좋은 건 없다.

Hermann Hesse, Bildnis eines Cactus, 1933.
Watercolor und Stift, 27×20cm.

Hermann Hesse, Stuhl mit Büchern, 1921.

Nacht

Ich habe meine Kerze ausgelöscht;
Zum offenen Fenster strömt die Nacht herein,
Umarmt mich sanft und läßt mich ihren Freund
Und ihren Bruder sein.

Wir beide sind am selben Heimweh krank;
Wir senden ahnungsvolle Träume aus
Und reden flüsternd von der alten Zeit
In unsres Vaters Haus.

밤

Nacht 1907

촛불을 껐다.

열린 창으로 밤이 흘러들어와,

포근히 날 감싸안고 자기 친구로

그리고 형제로 삼아준다.

우린 둘 다 같은 향수를 앓고 있다.

불길한 꿈들일랑 내보내고

소곤소곤 이야기한다,

아버지 집에서 살던 그 옛날을.

Glück

Solang Du nach dem Glücke jagst,

Bist Du nicht reif zum glücklich sein,

Und würde alles Liebste Dein.

Solang Du um Verlorenes klagst

Und Ziele hast und rastlos bist,

Weißt Du noch nicht, was Friede ist.

Erst wenn Du jedem Wunsch entsagst,

Nicht Ziel mehr noch begehren kennst,

Das Glück nicht mehr mit Namen nennst,

Dann reicht Dir des Geschehens Flut

Nicht mehr ans Herz, und Deine Seele ruht.

행복

Glück 1907

네가 행복을 좇고 있는 한
넌 행복하기에 미달해 있다
가장 사랑스런 것들이 다 네 것일지라도.

네가 잃어버린 것들을 애석해하고
목표에 매달리고 안달하는 한
넌 아직 모른다, 평안이 뭔지.

너의 모든 욕심 다 내려놓고,
더 이상 어떤 목표도 열망하지 않을 때
더 이상 행복의 이름을 부르지 않을 때,

그때 비로소 만사의 밀물도 더 이상 네 가슴에 닿지 않고
그리하여 네 영혼은 쉬게 되리니.

Spruch

So mußt du allen Dingen

Bruder und Schwester sein,

Daß sie dich ganz durchdringen

Daß du nicht scheidest Mein und Dein.

Kein Stern, kein Laub soll fallen—

Du mußt mit ihm vergehen!

So wirst du auch mit allen

Allstündlich auferstehen.

금언

Spruch 1908

그렇게 너는 모든 사물들에게
형제고 자매여야 한다
그것들이 너에게 완전히 스미도록
내 것과 네 것, 구별하지 않도록.

어떤 별도 어떤 잎새도 떨어져선 안 된다—
넌 그들과 운명을 함께해야 한다!
그럼 너 또한 모든 것과 더불어
매 순간순간 되살아날 것이니.

Hermann Hesse, Dorflandschaft, 1921.
Watercolor, 24.7×18.7cm.

Hermann Hesse, Das rote Dach, 1927.
Watercolor, 27.5×23cm.

Beim Schlafengehen

Nun hat der Tag mich müd gemacht,
Soll mein sehnliches Verlangen
Freundlich die gestirnte Nacht
Wie ein müdes Kind empfangen.

Hände, laßt von allem Tun
Stirn, vergiß du alles Denken,
Alle meine Sinne nun
Wollen sich in Schlummer senken.

Und die Seele unbewacht
Will in freien Flügen schweben,
Um im Zauberkreis der Nacht
Tief und tausendfach zu leben.

잠자리에 들며

Beim Schlafengehen 1911
(Richart Strauss 곡 "Vier Letzte Lieder" 중에서)

낮이 날 지치게 만들었네
나 간절히 바라나니 이제
다정스레 총총한 별밤을
고단한 아이처럼 맞아야겠네.

손들아, 모든 할 일들 다 내려놓으렴
머리야, 모든 상념들 다 잊어버리렴
내 모든 감각은 이제
졸음 속으로 잠기려 하네.

하여 영혼은 감시받지 않고
자유로운 비상 속에 두둥실 떠다니려 하네
밤이라는 마법의 세계 속에서
깊숙이 천 겹의 삶을 살기 위해서.

Die Schöne

So wie ein Kind, dem man ein Spielzeug schenkt,
Das Ding beschaut und herzt und dann zerbricht
Und morgen schon des Gebers nimmer denkt,

So hältst du spielend in der kleinen Hand
Mein Herz, das ich dir gab, als hübschen Tand,
Und wie es zuckt und leidet, siehst du nicht.

아름다운 여인

Die Schöne 1912

장난감을 받고서 그것을 바라보고

끌어안고 쓰다듬고 그러다 망가뜨리는

내일이면 벌써 준 사람조차 까맣게 잊는 어린아이처럼.

당신도 내가 준 마음 예쁜 노리개인양,

자그만 그 손안에서 갖고 놀다가

얼마나 그 마음 움찔하고 괴로운지, 아, 안중에도 없군요.

Der Blütenzweig

Immer hin und wider

Strebt der Blütenzweig im Winde,

immer auf und nieder

Strebt mein Herz gleich einem Kinde

Zwischen hellen, dunklen Tagen,

Zwischen Wollen und Entsagen.

Bis die Blüten sind verweht

Und der Zweig in Früchten steht,

Bis das Herz, der Kindheit satt,

Seine Ruhe hat

Und bekennt: voll Lust und nicht vergebens

War das unruhvolle Spiel des Lebens.

꽃가지

Der Blütenzweig 1913

언제나 저리로 그리고 이리로
꽃가지가 바람 속에서 애쓰고 있네
언제나 위에로 그리고 아래로
내 마음도 어린애마냥 애쓰고 있네
밝고 어두운 나날들 그 사이서
의욕과 체념의 마음 그 사이서

꽃잎들 바람에 날려 져버릴 때까지
가지가 열매의 무게로 멈출 때까지
마음이 어린 시절로 배불러져서
안정을 찾고 그리고 고백할 때까지
안식 없는 저 삶의 유희가
기쁨 가득했고 그리고 부질없는 건 아니었다고.

Ohne dich

Mein Kissen schaut mich an zur Nacht
Leer wie ein Totenstein;
So bitter hatt ich's nie gedacht,
Allein zu sein
Und nicht in deinem Haar gebettet sein!

Ich lieg allein im stillen Haus,
Die Ampel ausgetan,
Und strecke sacht die Hände aus,
Die deinen zu umfahn,
Und dränge leis den heißen Mund
Nach dir und küß mich matt und wund
Und plötzlich bin ich aufgewacht
Und ringsum schweigt die kalte Nacht,
Der Stern im Fenster schimmert klar
O du, wo ist dein blondes Haar,

그대 없이

Ohne dich 1913

밤이면 베개가 날 지켜본다
묘석처럼 무념히.
아, 이토록 쓰릴 줄은 생각치도 못했다
혼자 있음이
그대 머리칼 속에서 잠들지 못함이!

적막한 집 안에 나 홀로 누웠고
등불은 꺼졌고
그리고 살며시 두 손 뻗어본다
그대 손 잡으려는 나의 두 손을
그리고 그윽이 뜨거운 입술
지쳐 부르트도록 그대에게 키스를 퍼붓는다
허나 갑자기 정신이 들면
주위는 차가운 밤의 적막
유리창엔 초롱한 별빛만 가물거린다
아, 그대 그 금발은 어디로 갔나?

Wo ist dein süßer Mund?

Nun trink ich Weh in jeder Lust
Und Gift in jedem Wein;
So bitter hatt ich's nie gewußt,
Allein zu sein,
Allein und ohne dich zu sein!

그대 달콤한 입술은 어디로 갔나?

이제 난 모든 기쁨에서 슬픔을 마시고
모든 와인에서 독을 마신다.
이토록 쓰릴 줄은 정말 몰랐다
혼자 있음이
혼자 그대 없이 있음이!

Hermann Hesse, Kubistisches Haus mit rotem Dach, 1922. Watercolor, 24×31.5cm

Frühlingstag

Wind im Gesträuch und Vogelpfiff

Und hoch im höchsten süßen Blau

Ein stilles, stolzes Wolkenschiff···

Ich träume von einer blonden Frau,

Ich träume von meiner Jugendzeit,

Der hohe Himmel blau und weit

Ist meiner Sehnsucht Wiege,

Darin ich stillgesinnt

Und selig warm

Mit leisem Summen liege,

So wie in seiner Mutter Arm

Ein Kind.

봄날

Frühlingstag 1913

숲속엔 바람 소리, 지저귀는 새 소리

드높이 아득하고 감미로운 푸름 속에는

조용하고 기품있는 조각구름배…

나는 꿈꾼다 금발의 여인을

나는 꿈꾼다 내 청춘시절을

높푸르고 드넓은 저 하늘은

내 그리움의 요람

난 고요히 생각에 잠겨

황홀히 포근히 그 속에서 누워

나직이 콧노래 흥얼거린다

어머니 품에 안긴

어린아이처럼.

Nach dem Fest

Von der Tafel rinnt der Wein,
Alle Kerzen flackern trüber,
Wieder bin ich denn allein,
Wieder ist ein Fest vorüber.

Traurig lösch ich Licht um Licht
In den still gewordnen Räumen,
Nur der Wind im Garten spricht
Ängstlich mit den schwarzen Bäumen.

Ach, wenn dieser Trost nicht wär,
Müde Augen zuzumachen···!
Und ich fühle kein Begehr,
Jemals wieder aufzuwachen.

향연 후에

Nach dem Fest 1913

식탁에서 포도주가 뚝뚝 듣고,
모든 촛불은 울적하게 가물거린다
또다시 난 혼자고
또다시 향연은 지나갔다.

슬프게 난 하나씩 불을 끈다
적막이 깃든 방들을 돌며.
오직 정원의 바람만이 불안스럽게
검은 수목들과 대화를 한다.

아, 피곤한 두 눈을 감는
이 위안이 없었다면…!
언젠가 다시 눈뜨고 싶은
그런 생각도 지금은 들지 않는다.

밤의 위안

Trost der Nacht 1929

Nachtgefühl

Tief mit blauer Nachtgewalt
Die mein Herz erhellt,
Bricht aus jähem Wolkenspalt
Mond und Sternenwelt.

Seele flammt aus ihrer Gruft
Lodernd aufgeschürt,
Da im bleichen Sternenduft
Nacht die Harfe rührt.

Sorge flieht und Not wird klein,
Seit der Ruf geschah.
Mag ich morgen nimmer sein,
Heute bin ich da!

밤의 느낌

Nachtgefühl 1914

깊숙이, 내 마음 밝히는
푸른 밤의 힘으로
달과 별들의 세계가 드러난다
갑작스레 갈라진 구름 틈으로.

영혼이 제 무덤으로부터 활활
일렁이며 불길을 일으킨다
창백한 별 안개 속에서
밤이 하프를 타고 있기에.

우수는 달아나고 번민은 작아진다
그 울림 들리고부터.
나, 내일엔 이제 없어져도 좋으리
오늘 여기 이렇게 살아있으니!

Die ersten Blumen

Neben dem Bach

Den roten Weiden nach

Haben in diesen Tagen

Gelbe Blumen viel

Ihre Goldaugen aufgeschlagen.

Und mir, der längst aus der Unschuld fiel,

Rührt sich Erinnerung im Grunde

An meines Lebens goldene Morgenstunde

Und sieht mich hell aus Blumenaugen an.

Ich wollte Blumen brechen gehn;

Nun laß ich sie alle stehn

Und gehe heim, ein alter Mann.

첫 꽃들

Die ersten Blumen 1915

시냇가에

붉은 버들개지 뒤따라

요 며칠

노란 꽃들이 무수히

금빛 눈망울을 터트렸다.

그리고 오래전 순수를 잃은

내 깊은 곳에서 추억이 꿈틀거린다,

내 삶의 금빛 아침에 대한 추억이.

그리고 꽃눈으로부터 나를 밝게 바라본다.

난 꽃을 꺾으러 가고 싶었지만

이제 그것들 다 그대로 두고

그리고 집으로 돌아간다. 늙은이다.

Hermann Hesse, Höhe des Sommers, 1933.
Watercolor und Stift, 7.5×9.5cm.

Hermann Hesse, Landskap fra Ticino, 1922.
Watercolor, 23.5×28cm.

Einsamer Abend

In der leeren Flasche und im Glas

Wankt der Kerze Schimmer;

Es ist kalt im Zimmer.

Draußen fällt der Regen weich ins Gras.

Wieder legst du nun zu kurzer Ruh

Frierend dich und traurig nieder.

Morgen kommt und Abend wieder,

Kommen immer wieder,

Aber niemals du.

쓸쓸한 밤

Einsamer Abend 1917

빈 술병과 유리잔 속에
희미하게 촛불이 흔들립니다.
방 안은 써늘합니다.
창밖 잔디밭엔 부슬부슬 비가 내리고.

지금 그대는 잠시 또 쉬려고
움츠리며 서글피 몸을 누이시는지.
아침이 오고 그리고 저녁이 오고
언제나 오고 또 오건만
아, 그대는 영 아니 오시는군요.

Verlorener Klang

Einmal in Kindertagen

Ging ich die Wiese lang,

Kam still getragen

Im Morgenwind ein Gesang,

Ein Ton in blauer Luft,

Oder ein Duft, ein blumiger Duft,

Der duftete süß, der klang

Eine Ewigkeit lang,

Meine ganze Kindheit lang.

Es war mir nicht mehr bewußt—

Erst jetzt in diesen Tagen

Hör ich innen in der Brust

Ihn wieder verborgen schlagen.

Und jetzt ist alle Welt mir einerlei,

Will nicht mit den Glücklichen tauschen,

잃어버린 소리

Verlorener Klang 1917

언제였던가 어렸을 적에

난 목장을 따라 걸었었다

그때 아침바람 속에서 한 노래가

고요히 실려 왔었다

푸른 공기 속 소리였거나

혹은 무슨 향기, 꽃향기였거나

그건 달콤하게 번지며 울렸었다

영원토록

내 어린시절 내내.

그걸 난 더 이상 알아차리지 못했었는데—

요 며칠, 이제서야

난 가슴속 깊은 데서 듣고 있다

그게 다시금 은밀히 울리는 것을.

그리고 이제 내게는 온 세상이 다 상관없고,

행복한 이들과 처지를 바꾸고 싶지도 않고,

Will nur lauschen,

Lauschen und stillestehn,

Wie die duftenden Töne gehn,

Und ob es noch der Klang von damals sei.

그저 귀 기울이고 싶을 뿐,

귀 기울이며 고요히 서 있고 싶을 뿐,

어떻게 그 향기로운 소리들이 흐르는지를,

그리고 그게 아직도 그때 그 소리인지를.

Hermann Hesse, Kirche in Carona, 1923, Aquarell.

Hermann Hesse, Montagnola, 1923.
Watercolor, 31.2×24cm.

Im vierten Kriegsjahr

Wenn auch der Abend kalt und traurig ist
Und Regen rauscht,
Ich singe doch mein Lied in dieser Frist,
Weiß nicht, wer lauscht.

Wenn auch die Welt in Krieg und Angst erstickt,
An manchem Ort
Brennt heimlich doch, ob niemand sie erblickt,
Die Liebe fort.

전쟁 4년째에

Im vierten Kriegsjahr 1917

비록 저녁은 춥고 슬플지라도

비는 몰아칠지라도

그래도 난 이 순간 나의 노랠 부른다

누가 들어줄진 모르겠지만.

비록 세계는 전쟁과 불안에 숨막힐지라도

여기저기서

아무도 모르듯 비밀스럽게

사랑은 계속 불타고 있다.

Voll Blüten

Voll Blüten steht der Pfirsichbaum

Nicht jede wird zur Frucht,

Sie schimmern hell wie Rosenschaum

Durch Blau und Wolkenflucht.

Wie Blüten gehn Gedanken auf,

Hundert an jedem Tag—

Laß blühen! Laß dem Ding den Lauf!

Frag nicht nach dem Ertrag!

Es muß auch Spiel und Tanze sein

Und Blütenüberfluß,

Sonst wäre die Welt uns viel zu klein

Und Leben kein Genuß.

꽃들 가득

Voll Blüten 1918

꽃들 가득 복숭아나무는 서 있지만
모든 꽃이 다 열매가 되진 않지
그 꽃들 장미 거품처럼 밝게 빛을 발한다
푸름과 구름의 흐름 속에서.

꽃들처럼 생각이 피어난다,
날마다 백 가지나—
피게 놔둬라! 그냥 그렇게 되게 놔둬라!
이득 같은 건 묻지를 말고!

놀이도 춤도 있어야 하리
그리고 꽃들의 흐드러짐도.
그게 없다면 우리에게 세상은 너무 좁으리
그리고 인생도 아무 재미 없으리.

Magie der Farben

Gottes Atem hin und wieder,
Himmel oben, Himmel unten,
Licht singt tausendfache Lieder,
Gott wird Welt im farbig Bunten,

Weiß zu Schwarz, und Warm zum Kühlen
Fühlt sich immer neu gezogen,
Ewig aus chaotischem Wühlen,
Klärt sich neu der Regenbogen.

So durch unsre Seele wandelt
Tausendfach in Qual und Wonne
Gottes Licht, erschafft und handelt,
Und wir preisen Ihn als Sonne.

색깔의 마법

Magie der Farben 1918

신의 숨결이 들락날락
위에도 하늘, 아래도 하늘
빛은 천 겹의 노랠 부르고
신은 오색찬란한 세계가 된다.

하양에서 까망까지, 그리고 따슴에서 차움까지
항상 새롭게 이끌림을 느끼며,
혼돈의 소용돌이로부터 영원히
무지개가 새로이 영롱해진다.

그렇게 우리 영혼을 질러 거닐며
슬픔과 기쁨 속에서 수천 겹으로
신의 빛은 창조하고 그리고 작용한다,
우리는 그 빛을 태양이라고 찬미한다.

Hermann Hesse, Landschaft im Tessin, 1924. Watercolor, 27×21cm.

Bruder Tod

Auch zu mir kommst du einmal,

Du vergißt mich nicht,

Und zu Ende ist die Qual

Und die Kette bricht.

Noch erscheinst du fremd und fern,

Lieber Bruder Tod.

Stehest als ein kühler Stern

über meiner Not.

Aber einmal wirst du nah

Und voll Flammen sein—

Komm, Geliebter, ich bin da,

Nimm mich, ich bin dein.

죽음이란 형제

Bruder Tod 1918

내게도 오리라 언젠가 너는
너는 나를 잊지 않으니,
그리고 고통도 끝이리
그리고 사슬도 끊기리.

아직은 너, 낯설고 멀어 보인다
친애하는 형제, 죽음이여
차디찬 별로서 자리하고 있구나
내 고난의 하늘 위에서.

허나 언젠가 너는 가까이 다가와
한가득 불꽃이 되리—
오라, 친애하는 이여, 나 여기 있나니
가져라 나를, 나는 너의 것이니.

Bücher

Alle Bücher dieser Welt
Bringen dir kein Glück,
Doch sie weisen dich geheim
In dich selbst zurück.

Dort ist alles, was du brauchst,
Sonne, Stern und Mond,
Denn das Licht, danach du frugst,
In dir selber wohnt.

Weisheit, die du lang gesucht
In den Bücherein,
Leuchtet jetzt aus jedem Blatt—
Denn nun ist sie dein.

책들

Bücher 1918

이 세상 모든 책들
네게 행복을 주진 못하지
하지만 너를 비밀스럽게
너 자신 속으로 데려다 주지.

거기엔 네게 필요한 모든 게 있지
해도 별도 그리고 달도
왜냐하면 네가 궁금해 했던 그 빛이
바로 네 안에 살고 있으니까.

지혜가, 네가 오래 찾던 그 지혜가
책들 속에서
이제 모든 페이지마다 빛나고 있어—
왜냐하면 이제 그 모든 게 다 네 것이니까.

Hermann Hesse, Interieur mit büchern, 1921.

Hermann Hesse, Tessiner Landschaft, 1933.

Wintertag

O wie schön das Licht

heut im Schnee verblüht,

O wie zart die rosige Ferne glüht!—

Aber Sommer Sommer ist es nicht.

Du, zu der mein Lied allstündlich spricht.

Ferne Brautgestalt,

O wie zart mir deine Freundschaft strahlt!

Aber Liebe, Liebe ist es nicht.

Lang muß Mondschein der Freundschaft blühn,

Lange muß ich stehn im Schnee,

Bis einst du und Himmel, Berg und See

Tief im Sommerbrand der Liebe glühn.

겨울날

Wintertag 1919

오, 얼마나 아름답게 오늘은 빛이
눈 속에서 잦아드는가
오, 얼마나 화사하게 장밋빛 원경은 빛을 내는가!―
여름, 여름도 아니건만.

그대, 그대에게 나의 노래는 한시도 쉬지 않고 이야기하네.
아스라한 신부의 모습이여,
오, 얼마나 화사하게 그대의 정은 나에게 환히 비쳐오는가!
사랑, 사랑도 아니건만.

오래오래 정겨운 달빛은 피어나야 하리
오래오래 나는 눈 속에 서 있어야 하리.
언젠가 그대와 하늘과 산과 그리고 호수가
사랑의 여름볕 속에서 작열할 그날까지.

Vergänglichkeit

Vom Baum des Lebens fällt

Mir Blatt um Blatt,

O taumelbunte Welt,

Wie machst du satt,

Wie machst du satt und müd,

Wie machst du trunken!

Was heut noch glüht,

Ist bald versunken.

Bald klirrt der Wind

Über mein braunes Grab,

Über das kleine Kind

Beugt sich die Mutter herab.

Ihre Augen will ich wiedersehn,

Ihr Blick ist mein Stern,

Alles andre mag gehn und verwehn,

Alles stirbt, alles stirbt gern.

덧없음

Vergänglichkeit 1919

생명의 나무에서 잎이 진다

내게로 한 잎 또 한 잎.

오 휘황찬란한 너 세계여

어찌 이리도 포만하게 하는가

어찌 이리도 포만하고 또 고단하게 하는가

어찌 이리도 취하게 하는가!

오늘 아직 불타는 것도

이내 곧 사그러들리.

이내 곧 바람이 휘몰아 불리.

내 갈색 무덤 위에로.

어린 아이 위에로

어머니는 몸을 숙인다.

어머니의 눈을 난 다시 보고 싶다.

어머니의 눈길은 나의 별이니

다른 건 모두 떠나고 사라져도 좋으리

모든 건 죽는다, 기꺼이 죽는다.

Nur die ewige Mutter bleibt,

Von der wir kamen,

Ihr spielender Finger schreibt

In die flüchtige Luft unsre Namen.

오직 영원한 어머니만이 머무르신다
우리가 거기서 나온 어머니만이.
어머니의 솜씨 있는 손가락이 쓰고 있다
덧없는 허공에다 우리 이름을.

Hermann Hesse, Häuser im Tessin, 1920.
Watercolor, 13.8×17.9cm.

Hermann Hesse, Nächtlicher Regen, 1933.
Watercolor und Stift, 8×9.5cm.

Liebeslied

Ich bin der Hirsch und du das Reh,

Der Vogel du und ich der Baum,

Die Sonne du und ich der Schnee,

Du bist der Tag und ich der Traum.

Nachts aus meinem schlafenden Mund

Fliegt ein Goldvogel zu dir,

Hell ist seine Stimme, sein Flügel bunt,

Der singt dir das Lied voll der Liebe,

Der singt dir das Lied von mir.

사랑의 노래

Liebeslied 1920

나는 사슴이고 그대는 노루고

새는 그대고 나는 나무고

해는 그대고 나는 눈이고

낮은 그대고 나는 꿈이고.

밤이면 나의 자고 있는 입에서

황금새 한 마리 그대에게 나는데

그 소린 해맑고, 그 날갠 화려해

그 새 그대에게 노랠 부르죠,

사랑 가득한 노래를, 내가 만든 노래를.

Postkarte an die Freundin

Heut geht ein kalter Wind,
Der wimmert in allen Fugen,
Voll Reif die Wiesen sind,
Die eben noch Blumen trugen.

Welk weht am Fenster ein Blatt,
Ich schließe die Augen und seh
Fern in der Nebelstadt
Geh dich, mein schlankes Reh.

여친에게 보내는 엽서

Postkarte an die Freundin 1920

오늘은 차가운 바람이 불어,
틈새란 틈새에서 애달프게 웁니다
목초지엔 서리 가득 내리고,
간신히 꽃들 몇 송이 남아 있더군요.

창가에서 시든 나뭇잎 하나 나부낍니다,
지그시 눈을 감고 나는 봅니다
아득히 먼 안개도시에서
걷고 있는 당신을, 가냘픈 나의 노루를.

Gebet

Laß mich verzweifeln, Gott, an mir,

Doch nicht an dir!

Laß mich des Irrens ganzen Jammer schmecken,

Laß alles Leides Flammen an mir lecken,

Laß mich erleiden alle Schmach,

Hilf nicht mich erhalten,

Hilf nicht mich entfalten!

Doch wenn mir alles Ich zerbrach,

Dann zeige mir,

Daß du es warst,

Daß du die Flammen und das Leid gebarst,

Denn gern will ich verderben,

Will gerne sterben,

Doch sterben kann ich nur in dir.

기도

Gebet 1921

신이여, 부디 절망하게 하소서, 내가 나에게.

그러나 절망하게 마소서 당신에게는!

나로 하여금, 남김없이 맛보게 하소서, 실수의 한탄을.

온갖 고뇌의 불꽃에게 나를 핥게 하시고

온갖 모멸을 내가 겪게 하시고

내가 유지되도록 도우지 마시고

내가 발전하도록 도우지 마소서!

그러나, 내게서 모든 '내'가 부셔졌을 때에는

그때는 나에게 보여주소서

당신이 바로 그것이었음을,

당신이 바로 그 불꽃과 고뇌인 척했음을.

왜냐하면 나는, 기꺼이 멸하고

기꺼이 죽겠지만

오직 당신 안에서만 죽을 수가 있으니까요.

Hermann Hesse,
Terraced hills, 1926.
Watercolor,
Holzkohle und Kreide.

Irgendwo

Durch des Lebens Wüste irr ich glühend

Und erstöhne unter meiner Last,

Aber irgendwo, vergessen fast,

Weiß ich schattige Gärten kühl und blühend.

Aber irgendwo in Traumesferne

Weiß ich warten eine Ruhestatt,

Wo die Seele wieder Heimat hat,

Weiß ich Schlummer warten, Nacht und Sterne.

어딘가에

Irgendwo 1925

인생의 사막을 난 불꽃처럼 헤매네
그리고 내 무거운 짐을 지고 허덕거리네
그러나 어딘가에, 거의 까맣게 잊은 그 어딘가에,
그늘진 정원 있음을 난 안다네, 시원하고 꽃도 피고 있는.

그러나 어딘가 꿈처럼 먼 곳에
쉼터가 기다리고 있음을 난 안다네,
거기선 영혼이 다시금 고향을 갖고
졸음이 기다리고 있음을 난 안다네, 밤과 별들을.

새로운 시집, 그리고 그 후
Neue Gedichte 1937 und danach

September

Der Garten trauert,
Kühl sinkt in die Blumen der Regen.
Der Sommer schauert
Still seinem Ende entgegen.

Golden tropft Blatt um Blatt
Nieder vom hohen Akazienbaum.
Sommer lächelt erstaunt und matt
In den sterbenden Gartentraum.

Lange noch bei den Rosen
Bleibt er stehen, sehnt sich nach Ruh.
Langsam tut er die großen
Müdgewordnen Augen zu.

9월

September 1927

정원은 슬픔에 잠겨 있다
차갑게 비가 꽃들 속에 스민다.
여름이 부르르 몸을 떤다
조용히 자신의 결말을 마주보면서.

금빛으로 나뭇잎은 한 잎 한 잎
높다란 아카시아 나무에서 지고 있다.
여름이 놀라고 기진해 웃음 짓는다
스러져가는 정원의 꿈 속에서.

아직도 오래 장미들 곁에서
여름은 서성이며, 휴식을 동경한다.
천천히 그 커다란
피로해진 두 눈을 내리감는다.

Hermann Hesse, Häuser im Tessin, 1919.
Watercolor, 24.8×32cm.

Hermann Hesse, Tessin-Gebirge, 1927.
Watercolor, 24×30.3cm.

Welkende Rosen

Möchten viele Seelen dies verstehen,

Möchten viele Liebende es lernen:

So melodisch flüsternd zu verhallen,

So im Taumel auseinander wehen,

So in rosiges Blätterspiel zerfallen,

Lächelnd sich vom Liebesmahl entfernen,

So den eigenen Tod als Fest begehen,

So gelöst dem Leiblichen entsinken

Und in einem Kuß den Tod zu trinken.

시들어가는 장미들

Welkende Rosen 1927

수많은 영혼들이 이걸 알았으면 좋겠네
수많은 연인들이 그걸 배웠으면 좋겠네.
이렇게 감미롭게 속삭이며 사라지기를
이렇게 도취하여 서로 바람불기를
이렇게 낙천적인 잎새놀이로 소멸하기를
웃으며 사랑의 향연에서 멀어져가고
이렇게 자기 종말을 축제처럼 치르고
이렇게 안온히 육신에서 빠져나가고
그리고 키스에 죽음을 담아 들이키기를.

Blauer Schmetterling

Flügelt ein kleiner blauer
Falter vom Wind geweht,
Ein perlmutterner Schauer,
Glitzert, flimmert, vergeht.

So mit Augenblicksblinken,
So im Vorüberwehn
Sah ich das Glück mir winken,
Glitzern, flimmern, vergehn.

파랑나비

Blauer Schmetterling 1927

조그맣고 파란 나비 한 마리
바람에 실려 날갯짓하고
한줄기 영롱한 자갯빛 소나기
반짝이며, 가물가물, 멀어져간다.

그렇게 순간의 반짝임으로
그렇게 스치는 바람결에서
아, 나는 보았네, 행복이 내게 윙크하면서
반짝이며, 가물가물, 멀어져감을.

Hermann Hesse, Tessiner Dorf im Sommer, 1922.
Watercolor, 15.7×22cm.

Hermann Hesse, Wollust-Ansicht einer Wegkapelle, 1919.
Watercolor, 9×9cm.

Sprache des Frühlings

Jedes Kind weiß, was der Frühling spricht :

Lebe, wachse, blühe, hoffe, liebe,

Freue dich und treibe neue Triebe,

Gib dich hin und fürcht das Leben nicht!

Jeder Greis weiß, was der Frühling spricht :

Alter Mann laß dich begraben,

Räume deinen Platz den muntren Knaben,

Gib dich hin und fürcht das Sterben nicht!

봄이 하는 말

Sprache des Frühlings 1931

아이들은 다 안다네, 봄이 하는 말을.

살아라, 자라라, 피어라, 바라라, 사랑하여라

기뻐하고 그리고 새 움을 틔워라

온몸을 던져라, 그리고 겁내지 마라, 살아가는 걸!

노인들은 다 안다네, 봄이 하는 말을.

늙은이여 땅에 묻혀라

싱싱한 소년들에게 자리를 내줘라

온몸을 던져라, 그리고 겁내지 마라, 죽어가는 걸!

Hermann Hesse, Landschaft, 1943.
Watercolor, Bleistift und Tinte, 21.3×25.3cm.

Hermann Hesse, Landschaft in Tessiner, 1936.
Watercolor, 32×24cm.

Beim Einzug in ein neues Haus

Aus Mutterleib gekommen,

Bestimmt im Boden zu modern,

Steht verwundert der Mensch;

Göttererinnerung streift noch seinen Morgentraum.

Dann wendet er sich, gottab, der Erde zu,

Werkt und strebt. In Schaum und Furcht

Vor Herkunft und Ziel seines ruhlosen Lebens

Baut er und schmückt sein Haus,

Malt seine Wände, füllt seine Schränke,

Feiert Feste mit Freunden und pflanzt

Holde lachende Blumen vors Tor.

새 집으로 이사하며

Beim Einzug in ein neues Haus 1931

어머니의 몸에서 나와

땅에서 썩게 될 운명인 채로

인간은 기묘하게 살고 있다

그의 아침 꿈에는 신들의 추억이 아직도 어른거린다.

그리고 인간은, 신을 떠나 대지로 몸을 돌리고

일을 하고 애쓴다. 그의 휴식 없는 삶의

시작과 끝을, 부끄러워하며 두려워하며

집을 짓고 집을 꾸미고,

벽을 칠하고 장롱을 채우고

친구들과 함께 파티를 열고 그리고 좋아하는

웃음 짓는 꽃들을 심어놓는다, 문 앞에다가.

Doch heimlich dürsten wir···

Anmutig, geistig, arabeskenzart
Scheint unser Leben sich wie das von Feen
In sanften Tänzen um das Nichts zu drehen,
Dem wir geopfert Sein und Gegenwart.

Schönheit der Träume, holde Spielerei,
So hingehaucht, so reinlich abgestimmt,
Tief unter deiner heiteren Fläche glimmt
Sehnsucht nach Nacht, nach Blut, nach Barberei.

Im Leeren dreht sich, ohne Zwang und Not,
Frei unser Leben, stets zum Spiel bereit,
Doch heimlich dürsten wir nach Wirklichkeit,
Nach Zeugung und Geburt, nach Leid und Tod.

그래도 은밀히 우리는 갈망한다···

Doch heimlich dürsten wir··· 1932

우아하고, 정신적이고, 당초문처럼 화사해
우리네 삶은 마치 요정의 삶이런 듯.
우리가 존재와 현재를 제물로 바친
허무의 주위를 유연히 춤추며 도는 그런.

너무나 숨결 같은, 너무나 순수하게 잘 조율된
꿈들의 아름다움이여 사랑스런 놀이여,
너의 유쾌한 표면 그 아래에선 깊숙이,
밤을, 피를, 야만을 향한 동경이 미광을 발한다.

공허 속에서 맴돈다, 강요도 없이 요구도 없이
자유롭게 우리네 삶은, 언제든 놀 준비가 되어.
그래도 은밀히 우린 갈망한다, 현실을,
생식과 출산을, 그리고 고뇌와 죽음을.

Nächtlicher Regen

Bis in den Schlaf vernahm ich ihn
Und bin daran erwacht,
Nun hör ich ihn und fühle ihn,
Sein Rauschen füllt die Nacht
Mit tausend Stimmen feucht und kühl,
Geflüster, Lachen, Stöhnen,
Bezaubert lausch ich dem Gewühl
Von fließend weichen Tönen.

Nach all dem harten, dürren Klang
Der strengen Sonnentage,
Wie innig ruft, wie selig bang
Des Regens sanfte Klage!

So bricht aus einer stolzen Brust,
Wie spröde sie sich stellte,

밤비

Nächtlicher Regen 1933

빗소리를 듣다가 잠이 들었다
빗소리를 듣고서 잠이 깼다.
지금도 난 그 소리를 듣는다 그리고 느낀다.
주룩주룩 쏴쏴 밤을 채운다
천 개의 소리들로 촉촉이 서늘히
속삭임, 웃음, 신음…
매혹되어서 난 귀 기울인다,
흐르는 듯 부드러운 음들의 혼잡을.

햇빛 쨍쨍하던 모진 날들의
저 모든 격하고 메마른 울림의 뒤에
이 얼마나 내밀하게 부르는가, 얼마나 몽롱하게 불안스럽게
비의 부드러운 탄식소리가!

아무리 뻣뻣한 채 가장하여도
거만한 가슴에서 이처럼

Einmal des Schluchzens kindliche Lust,

Der Tränen liebe Quelle,

Und strömt und klagt und löst den Bann,

Da das Verstummte reden kann

Und öffnet neuem Glück und Leid

Den Weg und macht die Seele weit.

언젠가는 흐느낌의 순진한 기쁨이,
눈물의 사랑스런 샘이 터져나와서
흐르며 탄식하며 주박을 푼다.
하여 입 다물고 있던 것을 말할 수 있고
그리고 새로운 행복과 괴로움에게
길을 열어주고 그리고 영혼을 넓혀준다.

Welkes Blatt

Jede Blüte will zur Frucht,
Jeder Morgen Abend werden,
Ewiges ist nicht auf Erden
Als der Wandel, als die Flucht.

Auch der schönste Sommer will
Einmal Herbst und Welke spüren.
Halte, Blatt, geduldig still,
Wenn der Wind dich will entführen.

Spiel dein Spiel und wehr dich nicht,
Laß es still geschehen.
Laß vom Winde, der dich bricht,
Dich nach Hause wehen.

시든 잎새

Welkes Blatt 1933

모든 꽃들은 다 열매가 되려 한다
모든 아침은 다 저녁이 되려 한다
이 지상에 영원한 건 없다
변화 말고는, 흘러감 말고는.

한껏 아름다운 여름도 또한
언젠가 가을과 조락을 느끼려 한다
참아라, 잎새여, 진득이 침착히,
바람이 너를 꾀어가려 하여도.

그저 너의 몫을 행하고 저항하지 마라
되는 대로 가만히 내버려둬라.
널 채가려는 바람에 실려
너의 집으로 널 불어가게 두어라.

Alter Park

Altes bröckelndes Gemäuer,
Moos und Zwergfarn in den Ritzen;
Durch die schwarzen Eiben blitzen
Grell zerflockte Sonnenfeuer.

Draußen kocht August und glutet;
Hier im moosigen Verstecke
Duftet herb die Buchsbaumhecke,
Feucht von Nelkenrot durchblutet.

Schwarzes nasses Erdreich lagert
Unter Kräutern geil und mastig,
Oben wirrt sich dünn und hastig
Astwerk alt und abgemagert.

Hinter eingerosteten Riegeln

오래된 공원

Alter Park 1933

오래 돼 무너진 옛 담벼락
갈라진 그 틈엔 이끼와 고사리.
검은 주목들 사이사이론
조각난 햇살이 눈부시게 빛난다.

바깥에선 8월이 끓고 작열하는데
여기 이끼 낀 은신처에선
회양목 울타리가 알싸한 향길 풍기고 있다
촉촉이 패랭이빛으로 혈색도 좋게.

잡초들 밑에는 검게 젖은 흙이
비옥하게 수북이 쌓여 있고,
위쪽에는 늙고 앙상한 나뭇가지가
성글게 마구 뒤엉켜 있다.

녹슨 빗장 그 뒤편에는

Schlafen flüsternd Lied und Sage,

Wacht das Tor, daß niemand wage

Sein Geheimnis zu entsiegeln.

소곤거리며 노래와 전설이 잠들어 있고,

그리고 문이 지키고 있다,

누구도 감히 제 비밀의 봉인 떼지 못하게.

Hermann Hesse, Klingsors Balkon. Casa Camuzzi, 1930.
Watercolor, Bleistift und Tinte, 30×23.7cm.

Hermann Hesse, Lago di Lugano-Morcote, 1925.
Watercolor, 14×9cm.

Rückgedenken

Am Hang die Heidekräuter blühn,
Der Ginster starrt in braunen Besen.
Wer weiß heut noch, wie flaumiggrün
Der Wald im Mai gewesen?

Wer weiß heut noch, wie Amselsang
Und Kuckucksruf einmal geklungen?
Schon ist, was so bezaubernd klang,
Vergessen und versungen.

Im Wald das Sommerabendfest,
Der Vollmond überm Berge droben,
Wer schrieb sie auf, wer hielt sie fest?
Ist alles schon zerstoben.

Und bald wird auch von dir und mir

회상

Rückgedenken 1933

비탈에는 야생화가 피어 있다

금잔화가 갈색 빗자루 속에서 빤히 본다.

누가 오늘도 아직 알고 있을까, 얼마나 보드랍게

숲이 오월 속에서 푸르렀는지.

누가 오늘도 아직 알고 있을까, 어떻게 지빠귀 노래가

그리고 뻐꾸기 소리가 울렸었는지.

이젠, 그렇게 매혹적으로 울렸던 것이

다 잊혀졌고 그리고 불려지지 않는다.

숲속에서의 여름 저녁 축제를,

저기 산 위에 두둥실 뜬 보름달을,

누가 적어두고, 누가 간직하고 있을까.

모든 게 다 이미 흔적도 없이 사라졌다.

머지않아 너도 그리고 나도

Kein Mensch mehr wissen und erzählen,

Es wohnen andre Leute hier,

Wir werden keinem fehlen.

Wir wollen auf den Abendstern

Und auf die ersten Nebel warten.

Wir blühen und verblühen gern

In Gottes großem Garten.

그 누구도 알지 못하고 이야기도 않겠지
낯선 다른 사람들이 여기에 살고
아무도 우릴 아쉬워하지 않겠지.

우리는 저녁별을
그리고 첫 안개를 기다리기로 하자.
우리는 기꺼이 피고 그리고 진다
신의 위대한 정원 속에서.

Leben einer Blume

Aus grünem Blattkreis kinderhaft beklommen
Blickt sie um sich und wagt es kaum zu schauen,
Fühlt sich von Wogen Lichtes aufgenommen,
Spürt Tag und Sommer unbegreiflich blauen.

Es wirbt um sie das Licht, der Wind, der Falter,
Im ersten Lächeln öffnet sie dem Leben
Ihr banges Herz und lernt, sich hinzugeben
Der Träumefolge kurzer Lebensalter.

Jetzt lacht sie voll, und ihre Farben brennen,
An den Gefäßen schwillt der goldne Staub,
Sie lernt den Brand des schwülen Mittags kennen
Und neigt am Abend sich erschöpft ins Laub.

꽃의 일생

Leben einer Blume 1934

초록 꽃받침으로부터 아이처럼 불안스럽게, 꽃은 제 주변
을 둘러보지만, 감히 제대로 볼 용기는 내지 못한다.
빛의 파도에 휩쓸린 듯 느끼고
낮과 여름이 영문도 몰래 푸르러가는 걸 감지한다.

빛이, 바람이, 나비가 꽃에게 구애를 하고,
첫 미소 안에서 꽃은 삶에게
제 불안한 가슴을 열고 그리고 배운다
찰나적 생애, 잇단 꿈들에게 자기를 내줘야 함을.

이제 꽃은 활짝 웃고, 그리고 그 빛깔들 불타오른다
꽃대궁에선 금빛 꽃가루가 부풀고 있다
꽃은 무더운 한낮의 불볕을 알게 되고
그리고 저녁엔 기진하여 고개를 떨군다, 잎 속으로.

Es gleicht ihr Rand dem reifen Frauenmunde,

Um dessen Linien Altersahnung zittert;

Heiß blüht ihr Lachen auf, an dessen Grunde

Schon Sättingung und bittre Neige wittert.

Nun schrumpfen auch, nun fasern sich und hangen

Die Blättchen müde überm Samenschoße.

Die Farben bleichen geisterhaft: das große

Geheimnis hält die Sterbende umfangen.

꽃의 가장자리는 성숙한 여인의 입을 닮았는데
그 입술 주변엔 늙음의 예후가 파르르 떤다.
뜨겁게 그 웃음은 피어나지만, 그 밑바닥에선
이미 포만과 쇠잔의 냄새를 맡고 있다.

이젠 또한 그 꽃잎들 지쳐서 씨방 위에서
오그라들고, 가닥도 드러난 채 매달려 있다.
빛깔들은 유령처럼 창백해지고,
거대한 비밀이 사멸해가는 꽃을 보듬어 안는다.

Klage

Uns ist kein Sein vergönnt. Wir sind nur Strom,
Wir fließen willig allen Formen ein:
Dem Tag, der Nacht, der Höhle und dem Dom,
Wir gehn hindurch, uns treibt der Durst nach Sein.

So füllen Form um Form wir ohne Rast,
Und keine wird zur Heimat uns, zum Glück, zur Not,
Stets sind wir unterwegs, stets sind wir Gast,
Uns ruft nicht Feld noch Pflug, uns wächst kein Brot.

Wir wissen nicht, wie Gott es mit uns meint,
Er spielt mit uns, dem Ton in seiner Hand,
Der stumm und bildsam ist, nicht lacht noch weint,
Der wohl geknetet wird, doch nie gebrannt.

한탄

Klage 1934

우리에겐 어떤 정체도 불허된다. 우린 그저 흐름일 뿐.
우린 기꺼이 모든 모습들로 흘러든다.
낮으로, 밤으로, 동굴로, 교회로
우린 관통해간다, 정체에 대한 갈증이 우릴 내몬다.

하여 우리는 쉼도 없이 하나씩 모습을 채워나간다, 허나
어느 모습도 우리에게 고향과, 행복과, 고난이 되진 않는다.
항상 우리는 도상에 있고, 항상 우리는 길손일 뿐.
밭도 쟁기도 우릴 아니 부르고, 빵도 우리에겐 아니 자란다.

우린 알지 못한다, 신이 우릴 어쩔 작정이신지
신은 우리를, 그 손안의 점토를, 가지고 노신다
점토는 말이 없고 유연한데다, 웃지도 않고 울지도 않으며
잘 이겨지긴 하지만, 절대 구워지진 않는다.

Einmal zu Stein erstarren! Einmal dauern!

Danach ist unsre Sehnsucht ewig rege,

Und bleibt doch ewig nur ein banges Schauern,

Und wird doch nie zur Rast auf unsrem Wege.

언젠가는 돌로 굳어지리! 언젠가는 지속되리!
그런 우리의 동경이 끝없이 인다.
하지만 영원히 오직 불안스런 떨림만이 남을 뿐,
우리의 길 위에선 휴식이란 게 없구나.

Hermann Hesse, Landschaft im Tessin, 1936.
Watercolor, 32×24cm.

Hermann Hesse, Montagnola, 1919.

Widmungsverse zu einem Gedichtbuch

I

Ist's auch nicht mehr Überschwang,

Tönt auch herbstlich schon der Reigen,

Dennoch wollen wir nicht schweigen:

Spät erklinkt, was früh erklang.

II

Viele Verse hab' ich geschrieben,

Wenig sind übrig geblieben,

Sind noch immer mein Spiel und Traum.

Herbstwind schüttelt die Äste,

Farbig zum Ernstfeste

Wehen die Blätter vom Lebensbaum.

어느 시집에의 헌시

Widmungsverse zu einem Gedichtbuch 1934

Ⅰ

이제 더 이상 넘칠 것도 없고

윤무의 가락마저 가을다이 울려도

그래도 우리는 침묵하지 않으리.

일찍이 울린 것이 나중에도 울리니.

Ⅱ

수많은 시구들을 나는 지었네

남아 있는 건 거의 없네

그래도 그건 여전히 나의 놀이고 나의 꿈이네.

가을바람은 나뭇가지 흔들고,

수확제를 위해 빛깔도 곱게

측백나무 이파리들 살랑거리네.

III

Blätter wehen vom Baume,
Lieder vom Lebenstraume
Wehen spielend dahin;
Vieles ist untergegangen,
Seit wir zuerst sie sangen,
Zärtliche Melodien.

Sterblich sind auch die Lieder,
Keines tönt ewig wieder,
Alle verweht der Wind:
Blumen und Schmetterlinge,
Die unvergänglicher Dinge
Flüchtiges Gleichnis sind.

Ⅲ

잎새는 나무에서 나부끼고
노래는 삶의 꿈에서
유희하며 저 멀리로 나부껴가네
숱한 것이 자취를 감춰버렸네,
정겨운 그 선율들을
맨처음 우리가 노래했을 때부터.

노래들 또한 스러질 것
영원히 다시 울리는 노래란 없네
모든 것은 바람이 휩쓸어가네
꽃들과 나비들
그것들도 불후한 것의
덧없는 비유에 불과한 것을.

Kleiner Gesang

Regenbogengedicht,

Zauber aus sterbendem Licht,

Glück wie Musik zeronnen,

Schmerz im Madonnengesicht,

Daseins bittere Wonnen

Blüten vom Sturm geweht,

Kränze auf Gräber gelegt,

Heiterkeit ohne Dauer,

Stern, der ins Dunkel fällt;

Schleier von Schönheit und Trauer

Über dem Abgrund der Welt.

소품 노래

Kleiner Gesang 1962

무지개의 시詩여
스러져가는 빛의 마법이여
음악처럼 녹아든 행복이여
성모의 얼굴에 어린 비통이여
현존의 쓰디쓴 희열이여
질풍 앞에 흩날린 꽃잎들이여
묘지 위에 놓여진 화환들이여
오래 가지 못하는 유쾌함이여
어둠 속으로 떨어지는 별이여
세상의 심연 위에 드리워진
아름다움과 비애의 베일이여.

Hermann Hesse, Landschaft fra Ticino, 1926.
Watercolor, 26.5×23cm.

Hermann Hesse, Noranco (Tessin), 1922.
Watercolor, 12×20cm.

Abschied

Drunter pfeift ein Zug durchs grüne Land,
Morgen, morgen fahr auch ich davon!
Letzte Blumen pflückt verirrt die Hand,
Und sie welken, eh ich fort bin, schon.

Abschied nehmen ist ein bitteres Kraut,
Wächst an jedem Fleck, den ich geliebt;
Keine Stätte, die ich mir gebaut,
Heimat wird und Heimatfrieden gibt.

In mir selber muß die Heimat sein,
Jede andere welkt so schnell hinab,
Jede ließ mich gar so bald allein,
Der ich alle meine Liebe gab.

Tief im Wesen trag ich einen Keim,

작별

Abschied 1920

저 아래서 기차가 초록의 고장을 가로질러 기적을 울린다.
내일은, 내일은 나도 타고 떠나리!
마지막 꽃들을 손은 혹하여 꺾는데
꽃들은 벌써 시들어간다, 나 떠나기도 전에.

작별을 한다는 건 쓰디쓴 잡초가,
내가 사랑했던 모든 곳에서 자란다는 것.
어떤 장소도, 난 나에게 만들어주지 못했다,
고향이 되고 고향의 평온을 주는 그런 장소를.

나 자신 안에 고향은 있어야 하리,
다른 모든 건 저토록 빨리 시들어 떨어지나니,
모든 게 곧바로 날 외롭게 만들었나니,
내가 내 모든 사랑을 주었건만.

깊숙이 본성 안에 난 새싹을 하나 품고 있다.

Der wird stille größer, Tag für Tag:

Wenn er reif ist, bin ich ganz daheim,

Und es ruht der ewige Pendelschlag.

그건 매일매일 조용히 자라나리니.

이윽고 그게 여물어지면, 난 온전히 편안하리라

그리고 영원한 시계추의 똑딱임도 쉬리라.

Hesse

모래에 써놓은

In Sand geschrieben 1947

In Sand geschrieben

Daß das Schöne und Berückende

Nur ein Hauch und Schauer sei,

Daß das Köstliche, Entzückende,

Holde ohne Dauer sei:

Wolke, Blume, Seifenblase,

Feuerwerk und Kinderlachen,

Frauenblick im Spiegelglase

Und viel andre wunderbare Sachen,

Daß sie, kaum entdeckt, vergehen,

Nur von Augenblickes Dauer,

Nur ein Duft und Windeswehen,

Ach, wir wissen es mit Trauer.

Und das Dauerhafte, Starre

Ist uns nicht so innig teuer:

Edelstein mit kühlem Feuer,

Glänzendschwere Goldesbarre;

모래에 써놓은

In Sand geschrieben 1947

아름다운 것 매혹적인 것은

다만 하나의 숨결 한줄기 소나기일 뿐임을,

진귀한 것 황홀한 것,

화사한 것은 오래 지속되지 않음을.

구름, 꽃, 비눗방울,

불꽃 그리고 아이들 웃음,

유리거울 속 여인의 눈길

그리고 수많은 다른 신기한 것들,

그것들, 제대로 보지도 못한 채 사라져감을,

다만 순간의 지속일 뿐,

다만 하나의 향기요 바람결일 뿐임을,

아, 우리는 그걸 비감으로 깨닫네.

그리고 영속적인 것, 확고한 것은

우리에겐 별로 귀하지도 않나니.

차가운 열정의 보석,

번쩍 묵직한 금괴들.

Selbst die Sterne, nicht zu zählen,

Bleiben fern und fremd, sie gleichen

Uns Vergänglichen nicht, erreichen

Nicht das Innerste der Seelen.

Nein, es scheint das innigst Schöne,

Liebenswerte dem Verderben

Zugeneigt, stets nah am Sterben,

Und das Köstlichste: die Töne

Der Musik, die im Entstehen

Schon enteilen, schon vergehen,

Sind nur Wehen, Strömen, Jagen

Und umweht von leiser Trauer,

Denn auch nicht auf Herzschlags Dauer

Lassen sie sich halten, bannen;

Ton um Ton, kaum angeschlagen,

Schwindet schon und rinnt von dannen.

심지어 헤일 수 없는 별들도,

멀고 낯설게 머물러 있어,

우리 무상한 자와는 달리,

영혼의 밑바닥까지는 닿지 못하네.

아니, 가장 내적인 아름다움

사랑할만한 것은, 파멸에 기울어진 듯

항상 죽음에 가까이 있고,

또한 가장 진귀한 것, 음악 소리들은

생기자마자 이미

갈 길 서둘고, 이미 사라져가는 것.

그것도 단지 나부낌, 흐름, 몰아감이고

또한 나직한 비통에 의해 휘날리는 것,

왜냐하면, 심장이 박동할 동안도

멈춰 있지 못하고, 추방당하고 마니까.

한 음 또 한 음, 제대로 튕길 새 없이,

벌써 사라지고 또 흘러 가버리나니.

So ist unser Herz dem Flüchtigen,

Ist dem Fließenden, dem Leben

Treu und brüderlich ergeben,

Nicht dem Festen, Dauertüchtigen.

Bald ermüdet uns das Bleibende,

Fels und Sternwelt und Juwelen,

Uns in ewigem Wandel treibende

Wind-und Seifenblasenseelen,

Zeitvermählte, Dauerlose,

Denen Tau am Blatt der Rose,

Denen eines Vogels Werben,

Eines Wolkenspieles Sterben,

Schneegeflimmer, Regenbogen,

Falter, schon hinweggeflogen,

Denen eines Lachens Läuten,

Das uns im Vorübergehen

그처럼 우리의 가슴은 덧없는 것에,

흐르는 것에, 삶이란 것에

충직하고 형제처럼 다 내어주네,

확고한 것, 지속할 것에는 그리 못하면서.

영속적인 것에 우리는 금세 싫증을 내네,

바위에 별세계에 그리고 보석에,

우리 영원한 변화 속에 떠도는 존재들

바람의-그리고 비눗방울의 영혼들,

시간과 혼인한, 지속 잃은 존재들,

장미 꽃잎에 맺힌 이슬

어느 새의 구애의 지저귐

어느 구름놀이의 흩어짐

눈발의 가물거림, 무지개

이미 날아가버린 나비

어느 웃음소리

제대로 닿을 새도 없이 사라짐 속에서

Kaum gestreift, ein Fest bedeuten

Oder wehtun kann. Wir lieben,

Was uns gleich ist, und verstehen,

Was der Wind in Sand geschrieben.

우리에게 축제를 의미하는 것,

혹은 아프게 할 수 있는 것, 그걸

우린 사랑한다네, 우리와 닮은 것을,

그리고 이해한다네, 바람이 모래에 써놓은 것을.

Hermann Hesse,
Tessiner Dorf mit Kirche, 1924.

아포리즘과 연보

Herman Hesse Aphorism & Chronologie

삶에서 만나는 가장 심오한 교과서는 바로 자연이다.

깔깔대며 웃는 '명랑'은 사실은 '용감'의 다른 말이다.
'명랑'은 세상의 두려움과 인생의 불구덩이 한가운데를
뚫고 미소를 지으며 걸어가는 것, 춤을 추며 가는 것,
즐겁게 나 자신을 바치는 것을 말한다.

고독을 받아들일 때 운명은 나에게로 온다. 고독 속에서
새로운 삶이 시작된다. 나는 새로운 사람이 된 것이며
나 스스로가 하나의 기적이다.
나는 비로소 나의 운명이다.

Hermann Hesse, Wollust - Ansicht einer Wegkapelle,
1919-1928. Watercolor, 9×9cm.

Hermann Hesse, Häuser am Abend, 1933. Watercolor, 29×20㎝.

나는 사소한 기쁨을 단념할 수 없었다.
사소한 기쁨이야말로 내가 믿고 의지하는
유일한 삶의 불꽃이었다.
그 불꽃 속에서 나는 나 자신과 세계를
새롭게 만들어갈 수 있었다.

Hermann Hesse, Häuser in Montagnola, 1942.
Watercolor and Pencil and Ink, 6.3×7㎝.

장난감을 갖고 노는 어린아이처럼 내 앞에 쌓아놓은

작은 사랑의 놀이―그림그리기―는

추상의 세계로부터 나를 점점 멀어지게 했다.

그림을 그리면서부터 나는, 추상적 지혜의

세계가 내 원시적인 창조의 기쁨을

막는 것을, 나 스스로 용납할 수 없게 된 것이다.

Hermann Hesse, Rotes Haus, 1928.

그림 물감을 섞고, 붓을 적시며 주홍빛의 밝고 즐거운
색조랑 황색의 풍성한 맑은 색조랑 깊고 감동적인
청색이랑, 그리고 그런 색들의 혼합과 조화
그리하여 저 멀리 있는 엷은 불빛에 이르기까지,
나는, 황홀해하며 무한한 마술의 세계에 빠져들었다.

나는 한 병의 포도주에서 삶의 기쁨과 꿈을 찾았다. 하지
만 그것만으로는 충분하지 않았다. 어느 날 나는 새로운
기쁨 하나를 발견했다. 40세가 되어 갑자기 그림을 그리
기 시작했다. 나 자신을 화가라고 생각했기 때문도 아니
고, 화가가 되고 싶었기 때문도 아니다. 무엇보다 그림을
그리는 것이 기막히게 행복했고 아름다웠다.

그림그리기는 나를 즐겁게 하고, 끈질기게 만들었다. 그
림을 그리고 난 뒤에 내 손은 글을 쓴 뒤처럼 검어지지 않
고 빨갛고 파래졌다. 나는 그것이 좋았다!

베토벤은 행복과 조화에 관한 지혜를 가지고 있다. 그러
나 그 지혜의 꽃들은 평탄한 길에서 찾아낼 수 있는 것이
아니다. 심연(深淵)의 길에서만 겨우 핀 꽃들이다. 그 꽃
들은 미소를 지으며 딸 수 없고 오로지 눈물에 젖고 고뇌
에 지쳐서 딸 수 있는 것이다. 베토벤의 심포니와 쿼르테
트에는 진정한 비참함과 간절한 안타까움 속에서 한없는
절실함으로 핀 그런 꽃들이 있다. 그 꽃들이야말로 구원
을 향해 가까스로 열린 푸르른 창이다.

이것을 나는 도스토옙스키에게서도 발견했다.

Hermann Hesse, Dorf am Abend, 1919. Watercolor, 18.5×14.5㎝.

그저 단순한 어린아이처럼 이 세상을 즐길 때에
세상은 아름답다. 달도 별도 아름답다. 강도 언덕도 숲도
바위도 이리저리 동산 위를 뛰어다니는 산양도 꽃도
나비도 아름답다. 어린아이같이 세상을 믿고,
의심 없이 세상을 걸어간다는 것은 아름답고 멋진 일이다.

Hermann Hesse, Erste Trauben, 1919. Pencil and Watercolor, 22.5×18㎝.

사랑은 세상을 경멸하거나 미워하지 않는다.

사랑은 오직 사랑할 뿐이다. 세계와 나와 그리고

모든 존재를 경탄하며, 존경하는 눈으로 볼 수 있는 것은

사랑의 놀라운 능력이다.

우리가 눈으로 보는 사물은 우리 바깥에 있는
사물이 아니고 우리 내부에 있는 사물이다.

다른 사람들이 가는 길은 쉬운 길이지만 나 자신이 가는
길은 험한 길이다. 누구에게나 인생의 길은 그렇다.
그렇지만 우리 모두는 바로 그 험한,
나 자신의 길을 가야만 한다.

아마 낡아빠진 이데올로기의 변호자보다 비열한 자는
없을 것이다. 더러운 일을 하고 있는
추하고 잡스러운 족속들이다.

새는 알을 깨고 나온다. 알은 곧 세계다.
새롭게 태어나려면 한 세계를 파괴하지 않으면 안 된다.

Hermann Hesse, Verso Arasio, 1925.

1877	독일 뷔르템베르크 지역 칼프(Calw) 시에서 개신교 선교사 가정의 장남으로 태어남.
1881~1886	가족 모두 스위스 바젤로 이사.
1890	작가가 되기로 결심.
1891	마울브론 기숙 신학교 입학했으나 1년 만에 학교에서 도망침. 학교에 적응하지 못하여 자살을 시도하는 등 신경쇠약증으로 정신요양원 생활. 11월 칸슈타트 김나지움 입학.
1893	1학년을 마치고 학업을 중단함.
1894	3일 만에 서점 견습생을 그만두고 칼프의 한 시계공장에서 견습시계공을 시작함.
1895	튀빙겐에서 다시 서점 일을 시작함. 주경야독하며 그리스 신화, 괴테, 니체의 작품들을 탐독.
1898	부모님으로부터 경제적으로 독립함. 독일 낭만파 작가들의 작품을 접함.
1899	소설 「자정 이후의 한 시간Eine Stunde hinter Mitternacht」 발표.
1900	시, 산문집 『헤르만 라우저Hermann Lauscher』 출간.
1901	이탈리아로 여행.

1902   어머니가 오랜 투병 생활 후 사망.

1904   소설 「페터 카멘치트Peter Camenzind」 발표. 정식 작가로의 생활 시작.
9살 연상의 마리아 베르누이(Maria Bernoulli)와 결혼. 슬하에 세 아들들을 둠.

1906   두 번째 소설 「수레바퀴 아래서Unterm Rad」 발표.

1910   소설 「게르트루트Gertrud」 발표.

1911   불교와 동양사상에 대한 깊은 관심으로 스리랑카와 인도네시아로 긴 여행을 떠남.

1912   가족 모두 스위스 베른으로 이사.

1913   3개월 간의 인도 여행 후, 철학책이자 소설책인 『인도 기행Besuch aus Indien』 출간.

1914   소설 「로스할데Roßhalde」 발표.
제1차 세계대전이 발발. 죽어가는 젊은 작가들을 보며 군대에 입대 자원 했으나 군무불능 판정을 받음. 이후 베른의 독일군 포로 후생 사업에 가담.
극단적 애국주의를 비평하는 글로 정치와 언론계에서 비난을 받음(후에 헤세는 이 사건이 인생의 변곡점이었음을 고백한다). 친구인 독일 정치인 테오도어 호이스와 프랑스 작가 로맹 롤랑의 도움을 받음.

1915   소설 「크눌프Knulp」 발표.

1916

소설「청춘은 아름다워라Schön ist die Jugend」
발표.
아버지의 사망, 아들 의 투병, 아내의 조현병
발병 소식 등 연이은 우환으로 암울한 시기
를 보냄. 정신과 치료를 받으며 칼 융에게 치
료를 받기 시작함.

1917

소설「데미안Demian」집필 시작.

1919

부인과 별거 시작. 홀로 스위스 몬타뇰라 마
을로 이사. 전쟁으로 인해 피폐해진 마음을
그림을 그리며 치유.
에밀 싱클레어라는 필명으로 소설『데미안
Demian』출간. 폰타네 문학상 수상자로 선정
되었으나, 신인작가에게 기회를 양보.
소설「클라인과 바그너Klein und Wagner」발표.

1920

에세이「혼란 속으로 향한 시선Blick ins Chaos」
발표.
자전적 소설「클링조어의 마지막 여름
Klingsors letzter Sommer」발표.
짧은 글과 스케치를 수록한「방랑Wandering」
발표.

1922

소설「싯다르타Siddhartha」발표. 부인 마리아
와 정식으로 이혼.

1923

스위스 시민권 획득.

1924

가수 루스 벵어(Ruth wenger)와 결혼

1927

소설「황야의 이리Der Steppenwolf」발표. 루트
벵어와 이혼.

1930	소설 「나르치스와 골드문트 Narziß und Goldmund」 발표.
1931	18년 차의 나이를 극복하고 미술사 연구가 니논 돌빈과 결혼(돌빈은 헤세의 마지막을 지킨다).
1932	소설 「동방순례Die Morgenlandfahrt」 발표.
1943	소설 「유리알 유희Das Glasperlenspiel」 발표.
1946	마지막 소설 「유리알 유희」로 노벨 문학상과 괴테상 수상.
1955	서독출판협회로부터 평화상 수상.
1956	헤르만 헤세상 제정
1962	뇌출혈로 사망. 몬타뇰라의 성 아본디오(San Abbondio) 교회 공동묘지에 안치됨.

헤르만 헤세
그림시집

2020년 11월 27일 1판 2쇄

글·그림 헤르만 헤세
옮긴이 이수정
펴낸이 김철종

인쇄제작 정민문화사

펴낸곳 에피파니
출판등록 1983년 9월 30일 제1 - 128호
주소 서울시 종로구 삼일대로 453(경운동) 2층
전화번호 02)701 - 6911 팩스번호 02)701 - 4449
전자우편 haneon@haneon.com 홈페이지 www.haneon.com

ISBN 978-89-5596-847-7 03850

* 이 책에 실린 시편들은 Hermann Hesse, *Die Gedichte* (Sämtliche Werke Bd. 10), Erste
  Auflage 2002, Suhrkamp Verlag, Frankfurt am Main에서 엄선했습니다.
* 대표적 시집인 『청춘의 시집』『고독한 자의 음악』『밤의 위안』『새로운 시집』을 중심으로
  그 전후의 총 62편을 골라 뽑았습니다.
* 배열순서는 단순히 시의 작성 연도를 (그리고 같은 연도는 제목의 가나다순을) 기준으로
  했다. 해당 시집의 수록작이 아니더라도 편의상 연도가 비슷한 장에 배치했습니다.(단,
  「작별」은 내용을 고려해 예외적으로 맨 뒤에 배치했습니다.)
* 이 책의 무단전재 및 복제를 금합니다.
* 책값은 뒤표지에 표시되어 있습니다.
* 잘못 만들어진 책은 구입하신 서점에서 바꾸어 드립니다.

이 도서의 국립중앙도서관 출판예정도서목록(CIP)은 서지정보유통지원시스템 홈페이지
(http://seoji.nl.go.kr)와 국가자료공동목록시스템(http://www.nl.go.kr/kolisnet)에서
이용하실 수 있습니다.(CIP제어번호: 2018017996)